AF320632

L. BRETHOUS-LAFARGUE

LE

JUGEMENT

. . . . . Multi
Committunt eadem diverso crimina fato :
Ille crucem pretium sceleris tulit, hic diadema.

JUVÉNAL.

Prix : 50 Centimes

PARIS

LIBRAIRIE ANDRÉ SAGNIER

9, RUE VIVIENNE, 9

1875

LE JUGEMENT

AU PRINCE IMPÉRIAL

. . . . . Multi
Committunt eadem diverso crimina fato :
Ille crucem pretium sceleris tulit, hic diadema.

JUVÉNAL.

Faudra-t-il donc toujours écouter et se taire ?
Faudra-t-il, abreuvés de honte et de colère,
Devant tout cet opprobre et tous ces attentats,
Toujours baisser la tête ou se croiser les bras ?
Ainsi donc, plus d'espoir. Libre de toute crainte,
Le crime sous nos yeux veut régner sans contrainte.
Les faibles sont tremblants : les forts sont abattus,
Ils souffrent en silence, et les temps ne sont plus
Où lorsque l'impudeur osait lever la tête,
La justice aussitôt révélait un poëte
Dont le vers indigné, frémissant de courroux,
Ne quittait l'ennemi que brisé sous ses coups.

Hélas ! et j'ai cherché parmi ceux de mon âge :
J'en ai cherché quelqu'un, à l'âpre et fier langage,

Qui devant les forfaits dont pâlit notre honneur,
Ne sût plus contenir les élans de son cœur.
Et pas un seul portant une haute pensée
Ne dévoile le deuil de notre âme offensée.
Seul alors, à trente ans, et sans avoir jamais
Tenté de m'élever jusqu'aux divins sommets,
Et d'appliquer ma lèvre aux lèvres de la muse,
Sans crainte du péril, sans espoir qui m'abuse,
Donnant enfin l'essor à mon profond souci,
Pour faire mon devoir j'avance et me voici.

I

On dit qu'après ces jours de honte et d'infamie
Où leur main nous courba sous la force ennemie,
Ces hommes que le crime a signés : qu'on peut voir
De nos malheurs passés parler sans s'émouvoir;
Valets de ce César que rongent sous la pierre
Avec tous nos mépris les larves de la terre ;
Ces hommes qui, devant un peuple courroucé,
Devraient, pleins de remords, s'enfuir le front baissé,
Si nous ne vivions pas dans les temps où nous sommes ;
Si l'on savait encor ce qu'est l'honneur : ces hommes,
Sans prendre nul souci de leurs vœux scélérats,
De nos derniers revers attachés à leurs pas,

Veulent nous ramener et saluer pour maître,
Avec nom d'empereur, l'héritier de ce traître.

O justice, ô raison des jours qui ne sont plus,
Souvenirs glorieux, qu'êtes-vous devenus ?

Oui, les vieux courtisans, les suppôts de l'Empire,
Pensaient qu'on les devait supporter sans mot dire ;
Que par pitié du moins, et pour leurs cheveux gris,
Nous pourrions consentir à cacher nos mépris.
Nous les avions soufferts : mais lorsque la patrie
S'abîma sous leur main ; que la France flétrie,
Comme pour expier leurs sombres actions,
Tomba sous le mépris des autres nations,
C'est alors qu'à l'envi désavouant leur maître,
On les vit à la fois s'enfuir et disparaître,
Et beaucoup l'œil baissé, confondus et soumis,
Aller chercher leur pain chez leurs vieux ennemis.

Nous, voulant faire trêve à nos tristes pensées,
Remplis du souvenir de nos gloires passées,
Tandis qu'ils s'enfuyaient nous osions espérer
Que la France mourait pour se régénérer.

Mais, hélas ! nation à jamais avilie !
Toute honte prend fin, tout opprobre s'oublie !
Sedan n'est plus. Tout passe, et nous n'aurons été
Que les champions du crime et de la lâcheté.

Grandi par tous les maux que nous fîmes commettre,
Dans son fils bien-aimé l'empereur va renaître !...

Peuple de courtisans, de boursiers corrompus,
Qui pesez notre honneur au poids de vos écus,
Pour de vils intérêts qui suez sans relâche,
Sachez donc, pauvres gens, que pour frapper ce lâche,
Pour ce capituleur, Athènes autrefois
Dans ses livres vengeurs n'eût point trouvé de lois ;
Rome, pour châtier de telles félonies
L'eût fait rouler vivant au fond des Gémonies,
Et celle qui tuait ses généraux défaits,
Carthage, eût craint par lui de salir ses gibets.

Qui donc est-il celui que vous osez défendre ?
Strasbourg, Metz et Sedan sont là pour vous l'apprendre.
Notre honneur n'est-il pas assez humilié ?
Mais l'honneur, qu'est-ce donc ? Vous l'avez oublié.
Dites : votre empereur a-t-il rien fait qui vaille ?
Au milieu de son peuple ou dans quelque bataille,
Vous a-t-il rendus fiers de l'effort de son bras ?
Lorsque vous l'honoriez, vous ne saviez donc pas,
Qu'il faut, quand par le crime on s'élève et l'on monte,
Par un crime dernier remonter vers sa honte.

L'espoir restait pourtant. Devant sa lâcheté,
Du trône et de l'honneur nous l'avions rejeté.

Aux traîtres les plus vils son nom est une offense,
Qu'importe !... Des Français s'arment pour sa défense.
Leur main sur notre sol a conduit l'étranger,
Mais tout cela n'est rien. Ils ont le cœur léger.
Si la France périt, ce n'est que par nos crimes.
Regarde : les voilà se posant en victimes,
Et les naïfs du jour, fiers de leur amitié,
Les prennent en respect comme nous en pitié.
Moins qu'eux nos ennemis sont fiers de leurs conquêtes :
Joyeux et triomphants ils président nos fêtes ;
Au nom de leurs exploits, ils n'osent plus douter
Qu'aux suprèmes honneurs ils vont tous remonter :
Et nous, dans l'avenir que leur passé prépare,
Nous ne voulons pas voir les hordes du barbare,
Et nous voulons périr sous de nouveaux malheurs :
France, réjouis-toi, voilà tes souteneurs !

II

A nous deux maintenant, enfant de l'Espagnole ;
Viens : la férule en main, comme un maître d'école,
Je veux te rappeler et t'enseigner tes droits.
Écoute donc, enfant, car déjà bien des fois,
J'ai fait dans mon métier des semonces pareilles
A bien d'autres portant de moins grandes oreilles.

Ces gens-là t'ont conté qu'en des jours de combats,
Ton père avait sauvé la France du trépas,
Alors qu'une femelle ayant nom République
Avait posé sur elle une main impudique.
Ils disent que le ciel l'envoya secourir
La justice et le droit tous deux près de périr.
La France succombait entre des mains infâmes ;
Le nom de liberté faisait battre les âmes ;
La Révolution sortait de son sommeil :
Il vint, il accabla le monstre en plein soleil,
De son bras tout puissant le roula dans la tombe,
Puis, au Dieu des combats offrit en hécatombe
Des citoyens vaincus après de longs périls,
Et qu'il avait domptés noblement, — disent-ils.
Dès lors, ne craignant plus une horde inconnue,
La France librement salua sa venue ;
Avec des Saint-Arnaud, des Maupas, des Morny,
Par le salut de tous son œuvre fut béni.

Prince, ils t'ont raconté bien des fois que ton père
D'un siècle nouveau-né commençait une autre ère ;
Que nos vieux rois passés, ces guerriers valeureux,
Honneur des anciens jours, ces chevaliers, ces preux,
Charlemagne ou Louis, ces superbes monarques,
Ces hardis combattants de Marignan ou d'Arques,
Dont même les vainqueurs redoutèrent le nom,
Ces rois, à son regard, n'ont eu qu'un vain renom.

Mais tandis qu'il régnait dans sa grandeur sereine,
L'étranger, disent-ils, fit éclater sa haine.

— C'est alors qu'il partit en guerre, t'amenant
Avec nos légions pour te montrer comment
Lorsqu'on est empereur on conduit une armée.
Et ç'est alors aussi que loin d'être alarmée,
La France, rappelant son antique valeur,
A l'heure du péril suivit son empereur.
Contre ses ennemis fière de le défendre,
Elle donna son or et son sang à répandre ;
Puis, au bruit des clairons sortant de son repos,
Elle mit en ses mains sa gloire et ses drapeaux,
Et volant devant lui, son âme tout entière
Guida nos bataillons marchant à la frontière.

Ils partirent. Enfin, ils t'ont dit que le sort
Le trahit cette fois et trompa son effort,
Mais que sous le destin dont il était victime,
L'empereur se dressa vaillant et magnanime ;
Que semblable à ces preux qu'on nomme avec fierté,
En luttant corps à corps, vaincu mais indompté,
Après un grand combat, une noble équipée,
En insultant la mort il rendit son épée,
Mais en gardant l'honneur :
                                        Eh bien ! ils ont menti.

Écoute maintenant. Sans haine et sans parti,
Voici la vérité, le devoir me l'impose.
Sois donc sans crainte, enfant, je défendrai ta cause ;
N'attends pas les rigueurs d'un commun jugement,

Car, je le sais, aux tiens il faut être clément,
Et pour les mesurer il faut large mesure.

Que m’importe en effet qu’on soit fourbe ou parjure,
Quand on veut un empire : et que m’importe encor
Qu’on dérobe à la fois un serment ou de l’or ;
Qu’on foule sous les pieds le droit et la justice ;
Que jusqu’en Notre-Dame on ait Dieu pour complice,
Moi j’abandonne tout : j’accorde volontiers
Qu’on peut être parjure en de pareils métiers.
Si l’esprit est de fer et si l’âme est de boue,
Qu’importe ? Que du droit un empereur se joue,
Je lui pardonne encor, — pourvu que toutefois
Grandisse le pays gouverné par ses lois.

Mais non : lorsqu’il parut, pour dernière aventure,
Agitant dans son cœur son vulgaire parjure,
Un peuple presque entier l’accueillit, sans penser
Qu’un autre de son nom avait su l’abuser.
Il ne rechercha pas dans sa prunelle éteinte
Si la grandeur brillait sous quelque forte empreinte :
Dans son air taciturne et son regard vitreux,
La France vit un cœur profond et généreux.
Dès lors, à ses désirs elle servit de proie ;
La fille de l’honneur devint fille de joie ;
Et l’on put voir bientôt, lentement effacé,
L’austère souvenir de son noble passé.
Son vieux sang se flétrit dans sa veine glacée ;
Nul généreux souci n’occupa sa pensée ;

Elle crut comme lui qu'elle devait avoir
Le déshonneur pour règle et l'orgueil pour devoir.
Elle écouta cet homme, et, quand son ennemie,
Accourut, la voyant si longtemps endormie,
Courtisane ignorant la honte ou le danger,
O crime ! elle tendit les bras à l'étranger.

Alors il s'en alla. C'en était fait, qu'importe ?
Il nous laissait vaincus, pleurant la France morte,
Avec ses combattants, ses soldats terrassés ;
Et, quand par l'ennemi nos frères dispersés
Fuyaient de leur cité mutilée et meurtrie,
Pour rester attachés à la mère patrie ;
Quand le pauvre lui-même, en plaignant leur destin,
Leur donnait à la fois sa demeure et son pain :
Lui, le César déchu, gorgé de nos richesses,
Sous de nouveaux palais vivait de nos détresses !
Que pouvaient les vivants et qu'importaient les morts ?
Comme il fut sans vertus il n'eut point de remords.
Qu'importait que la France eût le destin de Rome ;
Qu'elle tombât aussi ? Qu'importaient à cet homme,
Trois cent mille soldats, fleur d'un pays perdu,
Passant à l'ennemi comme un troupeau vendu ?
Qu'importait que la France enfin brisant sa chaîne,
Devant son tribunal citât son capitaine ?
Digne d'autant de morts qu'on en avait pleuré,
Jusqu'en son déshonneur il se vit honoré.
Que dis-je ? il espéra, dans un dernier délire,
De ce honteux exil remonter vers l'empire.

Cet homme osa penser qu'un grand peuple amolli,
Jusqu'à ce déshonneur pouvait être avili,
Et que nul ne viendrait pour lui demander compte
De notre abaissement ; et cependant, ô honte !
Gloire de nos aïeux disparue à jamais !
Devant un tel bandit, ô honte ! des Français
Juraient qu'on lui devait encor obéissance ;
Que quelques imposteurs avaient pris sa puissance ;
Ils osaient affirmer qu'avec leur seul appui
La France tout entière accourrait devant lui ;
Qu'il règnerait encor, ineffable mensonge !
Mais la mort qui survint l'éveilla de ce songe :
La mort ne permit pas qu'un pareil insensé
Pût revoir le pays qu'il avait abaissé.

Ce que ton père fut, on le sait : et personne
Ne paraît cependant qui parle et qui s'étonne
De la justice humaine ou de Dieu qui permet
Qu'on trouve une couronne où doit être un gibet.

III

Sois donc fier, s'il convient, d'une telle lignée ;
Mais garde d'éveiller en notre âme indignée

Ce que ta race, enfant, rappelle de douleurs.
Cache-toi loin de nous, laisse tarir nos pleurs;
Montre par tes vertus que le ciel moins sévère
Veut détourner de toi l'opprobre de ton père.
Dans un dernier espoir laisse-nous oublier
Sous le poids de quels maux il nous a fait plier :
Alors, plus généreux que dans l'antique Rome,
Qui frappait sur plusieurs le crime d'un seul homme,
Et, sur le père mort exterminait les fils,
Nous oublierons les maux que nous avons subis.

Vis en paix dans l'exil et repousse d'avance
Ceux qui te montreront le chemin de la France.
Des restes de valets, des serviteurs vendus,
Jaloux de ces honneurs dont ils sont descendus,
Accourront devant toi, pleins d'un zèle hypocrite ;
Ils plieront le genou, rediront ton mérite,
Au nom de Dieu lui-même ils voudront te prouver
Que la France périt, que tu dois la sauver :
Mais arrête aussitôt cette parole infâme :
Dis-leur que le mépris qui domine notre âme
Est encore plus grand que leur servilité.

L'avenir se dévoile et la postérité
Se lève pour juger l'empereur et l'empire.
Hélas! et celle-ci rien ne la peut séduire.
Tremble devant l'arrêt qu'elle va prononcer :
Il est dans tous les cœurs, et de le devancer

D'un peuple tout entier les bouches sont jalouses.
Oui, la France renaît et déjà nos épouses
Nous donnent des enfants élevés contre toi.
Ils croissent dans nos mains, pleins de force et de foi ;
Au seul nom de l'honneur leur âme est attendrie ;
Ils aiment à rêver à leur triste patrie ;
Ils comprennent déjà les hymnes des combats
Qu'on dit au fond du cœur, mais qu'on ne chante pas.

La mort lutte pour nous : oubliant ses caprices,
Comme elle a pris le chef, elle prend les complices.
Son bras s'appesantit sur eux, et tour à tour
Chacun d'eux, en tremblant, peut, à son dernier jour,
— Si jamais ils pouvaient éprouver des alarmes ! —
Voir nos cœurs sans regrets comme nos yeux sans larmes.

Oui, la justice enfin vous traîne à nos genoux,
Et la postérité va commencer par nous.

Prince, vois tes pareils qui des mains de Dieu même
Reçurent autrefois l'honneur du diadême.
Méprisant leurs flatteurs et leur coupable vœu,
Forts d'un droit surhumain, ils attendent que Dieu
Au trône qu'il brisa daigne seul les remettre.
Prends exemple sur eux, et comme eux, tâche d'être
Noble par la vertu plutôt que par le sang.
Mais si tu veux régner : Si Strasbourg et Sedan

Te paraissent encor d'héroïques journées ;
Et si tu ne veux pas suivre les destinées
De ces hommes d'un sang plus royal que le tien,
Alors je parlerai.

Prince, sache-le bien,
Pour contenir le fils j'évoquerai le père.
J'irai dans son tombeau ramasser sa poussière,
Et pour faire germer la haine de son nom,
Comme un semeur jetant le grain dans le sillon,
Aux quatre vents des cieux je jetterai sa cendre.
Vous tous, cœurs généreux, vous daignerez m'entendre,
Et pour vaincre avec nous, le ciel rendra mes vers
Aussi forts que les maux que nous avons soufferts.

Puis, j'irai dans les champs d'Alsace et de Lorraine
Eveiller nos soldats endormis dans la plaine ;
Je prêterai l'oreille à leurs sombres transports,
Et je répèterai ce que disent les morts.

Paris. — Typ. de Rouge, Dunon et Fresné, rue du Four-Saint-Germain, 43.

PARIS. — TYPOGRAPHIE DE ROUGE, DUNON ET FRESNÉ,
rue du Four-Saint-Germain, 43.